わだち

Kobayashi Seiko

小林成子句集

ふらんす堂

序

寝返つてきさらぎの闇見えてきし

本句集『わだち』の巻頭句である。一見平凡な句のようだが、実は成子さんの新たな歩みを象徴する一句である。この句が詠まれた約一ヶ月前、平成七年一月十七日早朝に阪神淡路大地震が勃発し、彼女も少なからぬ被害を受けられた。地震発生後、彼女が「闇」に対しどれほどの恐怖心を抱いたことか、直接の罹災者でない私にもよく理解できる。しかし「きさらぎの闇見えてきし」に、自身の胸中を覗く眼差しにゆとりが感じられ、私は大きく安堵する。

美容院へ母誘ひけり桜東風

彼岸寺「おかげさまで」と地震のこと

後に続くこれらの句は、罹災の身を殊更言い募ることなく、女性らしい心配りや静かな思いが芯となる句であり、平常心を取り戻しつつある胸中が窺い知れる。

このように『わだち』第一章は、罹災を沈着に顧みる心の働いた句より綴られ始める。

夏休果てしメタセコイヤの影
眉ひけるあはひを雁の渡りけり
蟇穴を出でぬかるみの生乾き
銀翼の音をあつむる土用の芽

一句目は「夏休」の果てた落ち着いた季節感を柔らかくなった「メタセコイヤの影」に見て取り、二句目では「眉ひける」の束の間も自然界の営みである「雁の渡り」にしっかりと意識を転じている。三句目の「蟇穴を出で」の小さな対象への慮りから「ぬかるみの生乾き」に気を留める自然体が好もしい。四句目では「土用の芽」の照りを「銀翼」の爆音との交感と捉えた点が印象的である。成子さんはいかなる時も自然との細やかな交感を忘れることがない。

老僧が糸瓜の胴を撫でにけり
扇風機止め館長の出で来る

と、人間観察にも興味を示し、

散り初めし花びらの立つ芝生かな
獅子舞や胴のゆるびをしぼりたる

と、対象を見詰める事こそが作句の根本であると言う私の主張を忠実に守られ、確かな写生眼を培われて行かれ、嬉しい限りである。

呼び寄せし白鳥に餌の無かりけり
蟬穴の二日目となる鳴かぬなり

成子さんは聡明で真面目な性格の持ち主であり、一方で上質のユーモアを解する方でもある。その両面が相まってこのような力まぬ諧謔的な句も詠まれていく。

第二章では取り合わせの句の良さに注目する。

消炭のころがつてゐる夏蓬
畦たどる踝濡るる十三夜
花吹雪く毛布で被ふ大太鼓
をがたまの樹に上がりゐし秋の雨

一句目の燃え切った「消炭」の存在と活力ある緑の「夏蓬」が相互に存在感を高めていて、取り合わせにずれが無く、二句目のちょっとした変化に聡い「踝」と冷ややかな「十三夜」との二物は、秋の深まりをじんわりと伝える。三句目の先ほどまで激しく轟いていたであろう「大太鼓」の昂ぶりを鎮めるような「花吹雪」を据えてとても趣深い。四句目の古今伝授三木の一つ「をがたまの樹」が醸し出す奥深い雰囲気が「秋の雨」の寂とした趣を一層深める。いずれも二物融合の宜しさを存分に伝えている。

また、下五で鮮やかな展開を見せる句が並ぶようにもなる。

シャンデリアの扉を押せば鴨の水

滝しぶき額に受けたり同期会
盆過ぎのコンクリを来る耕運機
青梅雨や米研いできし通夜の席

一句目は華やかな宴を抜け出ると、思いがけなく「鴨の水」が眼前に広がるとして、動から不意なる静の世界を創り出し、二句目では「滝しぶき」を受ける嬉しさは「同期」である嬉しさに通じるとして、良き心の色を伝える。三句目の大事を終えた安寧の思いをぶち壊したのはなんと「耕運機」の音であると現実を指し示す。四句目では日常的「米研いで」を非日常的「通夜の席」で思い、人のアンバランスな性《さが》をおかしく伝える。このように、下五の意外な展開は句に重層性を生み、良い意味で読者を裏切る手法であり、これを会得されたことを非常に頼もしく思う。

ペンギンの頭上をながれしやぼん玉
まつ黒のおほぢがふぐり焚火跡
革ジャンの肩すべりたる松葉かな

等、指し示した意外な景が少しも動じない。それは成子さんが、何事何物にも面白がり、それを時をかけて見詰める辛い作業に労を惜しまれない所為である。

第三章での取り合わせ句は、季語の斡旋が非常に細やかとなり、これまで以上に豊かで奥深さのある詩を醸し出している。

下萌やわが身の横を煙ながれ
坂あれば雲湧きやすしラムネ玉
さんかくの蛹に日差し十二月
バス停の人に見らるる心太
雪掻きの道のつながる建国日

一句目の春の兆しを告げる「下萌」が、何でもない煙にも何かを意味づけ、二句目は誰もがその懐かしさで素直な思いとなる「ラムネ玉」の効用で、「坂あれば雲湧きやすし」を理屈無く納得させる。三句目の「蛹」など些末な対象に心を留めるのは、年末ながら気持ちにゆとりのある「十二月」に相応しい。四句目の俗で翳りある「心太」を十分意識するが故に、「バス停の人」の視線がどうしても気になるのだ。五句目の「建国日」は主観的に捉えがちな季語だが、「雪掻きの道のつながる」の景を示し、それが偶然人の和を希求する日であったと穏やかに主張する点が良い。いずれにも季語の本意本情とは何かをそれとなく語る姿勢が窺い知れる。

さて成子さんのご主人は宮城のご出身である。東北大震災後漸く帰郷が叶ったご主人に成子さんも同行された。

みちのくの空ゆるぎなし冬の鳶
冬の虹男うなづき合ひにけり
オーバーコート遠つ祖の土握りたる

一句目の「空ゆるぎなし」と述べる胸中は、復興を成すに違いないという期待感からくる感応で、二句目の「男うなづき合ひにけり」は男同士で復興の意思の固さを確認し合っている景で、胸が熱くなる。三句目の「オーバーコート」の主はご主人だろう。「遠つ祖の土握り」のご主人の姿に、成子さんの胸にも万感迫るものがあったに違いない。これらの句は第三章の一つの山場となっている。

初しぐれ相生松をめぐりゐて

この目出度い句は、高砂神社の相生の松を吟行して得られたものである。その折、昼餉をとった寿司屋で私だけがビールを注文し、少々肩身の狭い思いをしていたが、隣席の成子さんが「主人も昼酒は大人の嗜みと言っています」と巧みにフォローして下さった。私も「そんな粋《すい》な事を言われる方と是非一緒に呑みたいです」と返したが、今もその機を得られないでいる。

手をあげて夫の出でゆくアロハシャツ

成子さんがご主人の話をされる時は必ず柔らかい笑みを湛え、ちょっと自慢気でもあり、お幸せなご夫婦ぶりが伝わって来る。
さて第三章にはもう一つ山場がある。ご夫婦は住み慣れた家を離れ、ご子息のご家族との二世帯住宅に転居される。

鳥雲に今年かぎりの家の鍵
この家の守宮のころを引つ越しす

ふたりして蟬の樹惜しむ転居かな

一句目の「鍵」は二度と必要としないものであるからこそ、来春には戻ってしまう「鳥雲に」を強く意識し、二句目では長年の家族の様子を窺っていた「守宮」にさえ惜別の思いを強くしている。三句目からは毎夏慣れ親しんだ「蟬の樹」を黙って仰ぐお二人の姿が想像され、しみじみと心動かされる。

第四章には一層ぶれのない写生眼で対象を見据え、良き詩的センスで選ばれた季語との融合の佳さを示す句が顕著となる。

昼過ぎの榾火の丈や残り福
白象に罅はしりゐる花の雨
花罌粟の震災跡へ波がしら
スタンドは遠嶺の高さラガー駆く

一句目の「昼過ぎの榾火」の程よい「丈」が、落ち着いた雰囲気の「残り福」を頂く心によく適っていて、二句目では「白象」像の「罅」に着眼しつつも、その陰の景に情趣豊かな「花の雨」を添える事を忘れない。三句目は揺れ続ける「花罌粟」にまだまだ消えぬ罹災の不安感が推し量られ、「波がしら」にはそれなりの切迫感がある。四句目ではラグビーの「スタンド」の高さを「遠嶺」の高さに喩えて臨場感を高めている。それぞれの季語は一見脇役的にも思えるかも知れないが、一句の点睛となって大きく深い空間を創造している。

雛壇の前の座布団ずれ易し
ナイターの芝にからみぬ野手の影
先々の草揺れてゐる蛇の衣
射干を活けへつつひの昼の闇

一句目の「雛壇の前の座布団」に着眼した点がユニークで、「ずれ易し」として雛を覗き込んだ客たちの様子を言葉にせず描いて見せ、二句目では野球の主役とは言えない「野手」に注目し、芝生が煌と輝く「ナイター」の迫力ある一景を見事に切り取った。三句目では下五の「蛇の衣」で、「先々の草」を揺らすのは衣を脱いだばかりの蛇ではなかとドキリとさせ、四句目は「射干を活け」と「へつつひ」の二物は京の屏風祭を自ずと想像させ、背景にある華やかな祇園会へ思いを至らせる。これらの句は、自然で無理ない景に必須とも言える季語を取り合わせ、限りない詩世界を創造している。この点からも、「語らずして語る」俳句の骨法を常に忘れぬ成子さんの姿勢が思われる。

もう一点、本章を特徴づけているのは、客観的に捉えた対象を自身の心に投影し、そこから抽出した思いを直截に述べる作品が生まれ始めた点であろう。

木屋町にうつかりと咲き曼珠沙華
紋白蝶芝につまづきつまづき来
鳳蝶昼の月よりこぼれきし
あかときの茄子に引力生まれ初む

一句目では京らしい風情の「木屋町」に極彩色の「曼珠沙華」が咲くのは全くの無骨であり、それを成子さんらしく「うつかりと咲き」とやんわりと否定し、二句目では「芝」低く来る「紋白蝶」を「つまづきつまづき」と見て取ったのは、ごわごわとした芝を来る蝶に心許なさを思ったからである。三句目、「昼の月」を仰いでいて不意に「鳳蝶」が現れ、その驚きを感覚的に捉えた「こぼれきし」である。四句目は明け方の畑中、最も目を引くのは「茄子」の太り様を「引力生まれ初む」と感覚的に表現したものである。いずれの表現も大いに共感を呼び、これは今日まで成子さんが培って来られた季語力と表現力の成果と言っても過言ではない。

成子さんは子育てやご主人のご両親の介護に努められつつ、自身の生きる証となるものを強く求められたと聞いている。それをご実家の父上と兄上が嗜まれていた俳句に求められたのはごく自然の成り行きであろう。またその事を後のち知られたご主人が、

柚子三つ出できし夫の革鞄

の如く細やかな心遣いをされる方であった事も大いに幸し、これまでの成子さんの俳句生活が豊かなものであった事は疑う余地がない。

成子さんにはこの後も俳句の道をたゆまず歩み続けられ、ご自分の足跡を刻み続けられる事を願って止まない。

序を結ぶにあたりお詫びを申し上げねばならない。句集上梓をお勧めした直

後にコロナ騒動が勃発し、思いがけず私の在宅の仕事が急増した。その所為で本句集の序文に手をつけられぬまま二年半の月日が流れてしまった。その間、成子さんはその事に全く触れられること無く静かに辛抱強くお待ち下さった。ここに記してお詫びをお伝えし、心より『わだち』ご上梓のお祝いを申し上げたい。

令和四年八千草彩る頃

山尾玉藻

目次／わだち

句集　わだち

第一章

おかげさまで

〜平成七年〜十九年

寝返つてきさらぎの闇見えてきし

美容院へ母誘ひけり桜東風

彼岸寺「おかげさまで」と地震のこと

蟬殼の風にまろびし震災地

呼び寄せし白鳥に餌の無かりけり

初旦まこと甲の甲山

青空に毬栗爆ぜし初神楽

小銭入れ鳴らせる母と初弘法

バス止まりけりげんげ野の真只中

うみほほづき空港ロビーにし吹きけり

明易や父の褒章額の中

蟬穴の二日目となる鳴かぬなり

向日葵の向きのまちまち子沢山

夏雲と秋の雲間を母逝ける

松笠を引きずつて行くゴムボート

夏休果てしメタセコイヤの影

老僧が糸瓜の胴を撫でにけり

子規庵のひとりひとりに小鳥来る

眉ひけるあはひを雁の渡りけり

神農祭紺の背広の揃ひたる

百合鷗ベンチの二人入れかはり

葱垂らしリヤカーの来る阿弥陀堂

散り初めし花びらの立つ芝生かな

卯の花腐しアメリカ村にちよつと寄る

玄関へすこし段あり魂迎

鴨たちの水の近くの記帳台

落葉径鞄大きな神父来る

家守にストーブ小さし百年家

着膨れにジャズのスイング移りきし

検問の影伸びゐたる冬菜畑

獅子舞や胴のゆるびをしぼりたる

荒土をつつついて凧帰りくる

測量士初音の山へ入りゆけり

芽吹き山吟詠の脚ふんばれる

街道の伏見へつづく溝浚へ
籠りゐしここちに下る滝の径

扇風機止め館長の出で来る

秋風を聞けるラ・フランスの容

猪鍋の宿の燐寸が仏壇に

風に反りけり七味屋の新暦

十日戎夫の仲間に交じりをり

溝蓋をならしてゆける寒稽古

信号を渡り切れざる戎笹

下るほど水仙にほふ舟座布団

蟇穴を出でぬかるみの生乾き

彼岸西風紅ちよんと飴細工

緋毛氈かるく巻きある遅日かな

膝の上にヘルメットのせ壬生狂言

手摺また翳つて来たる壬生の鉦

銭湯に昼の音する柳絮かな

一村の講に留守する麦の秋

父の日の夫に受話器をわたしけり

坂の上の声降りきたる白日傘

銀翼の音をあつむる土用の芽

街道を横切つてゆく浮輪かな

きざはしと交はすきざはし萩の雨

夕花野へ着陸ベルト締めなほす

秒針の音の夜に入る猪の宿

クリスマスカクタスひらく夜のピアノ

第二章

ちちはは

平成二十年〜二十四年

福笹とすれちがひたる夜の堤

啓蟄やミルクいろなる毛糸編み

朝ざくら制帽が耳ひしやげをり
さへづりへ梯子をかけてある寺中

朴の花仰ぐセーラー服の胸

消炭のころがつてゐる夏蓬

文楽へ母の夏帯たかめなる

畦たどる踝濡るる十三夜

川ふたつ越えきし神農さんの虎

シャンデリアの扉を押せば鴨の水

観音の背山けぶれる鬼やらひ

春霰の高麗門をくぐりけり

まぐなる松風にのり卒業歌

山門より声のぼりくる春障子

花菜漬ベビーシューズとひとつ荷に

御影堂になんの花の香更衣

衣更へて老松町の画廊にゐ

天平の日差し移れる苔の花

滝しぶき額に受けたり同期会

伊勢訛なる船長の夏帽子

次の間へすこし浮きをり簞

松風の松影にある鵜飼小屋

鵜飼小屋上段何をふためける

盆過ぎのコンクリを来る耕運機

地蔵盆勝手口よりホース引き

日曜の糶場乾けるきりぎりす

月明の本堂に椅子畳む音

蜂の尻冬たんぽぽを揺らしゐし

赤腹の水に日の差す冬至かな

くれなゐのマフラーで待つ丹波口

雉鍋の湯気のむかうの枯野かな

名札吊る寒木映る澱かな

花吹雪く毛布で被ふ大太鼓

蜜蜂を目で追ひゐたる祝辞かな

ペンギンの頭上をながれしやぼん玉

青萩の丈のをさなき白毫寺

母の忌の座りよろしき金真瓜

銅像のフロックコート時雨くる

鯉揚げの焚火に松の匂ひけり

道なりに畑なりに枯れ紫野

葱畑をぬけきし厄神詣かな

風少し鎮魂いろの寒すみれ

テニスコートの隅のローラー卒業期

サーファーの雫してゆく末黒かな

耕人の独りの声を上げにけり

花の道屋台一台分の空き

さへづりや金平糖の量り売り

三階まで灯す喪の家の朧かな

闘牛のドームの底の薄暑光

蜘蛛の囲の涼し鳳凰堂のうら

青梅雨や米研いできし通夜の席
ちちははに似てきし暮し釣忍

長刀鉾空しなやかにうごき初む

涼風となる坂の上のリコーダー

夜の秋のノブに吊るしてあるヨーヨー

大文字に日の残りゐるきりぎりす

をがたまの樹に上がりゐし秋の雨

今朝冬の厩舎へ運ぶ藁の嵩

酔ひ醒めの息吹きかくる枯蟷螂

まつ黒のおほぢがふぐり焚火跡

太箸を上手につかひ姉となる

お降りや畝ふたみすぢ立ててあり

宵戎うらへまはれば松の闇

菩提樹の雲消えゐたる寒さかな

二月礼者燠のにほひをまとひ来し

松明の火と火からまる雪間かな

紅梅のけぶれるあたりより呼ばる
みちのくより短き便り水温む

耳掻きに匙と梵天うららけし

駄菓子屋の昔のいろに燕来る

ひとひらの花ただよへる吉野駅
ケーブルカー桜吹雪とすべり出で

離れ家へ雨傘ひらく夕桜

夏の鴨母のつぶやき聞きもらし

峰雲やスプーンで食ぶる白子丼

赤ん坊の耳大いなる日の盛

宵宮の京を発ちけりのぞみ号

古書店の奥に奥ある祭笛

先導の子らの八丁鉦澄める
「さへづり」の貼り紙の路地良夜なる

革ジャンの肩すべりたる松葉かな

第三章

ふたりして

平成二十五年〜二十八年

浅春や木々の名札の鋼いろ

下萌やわが身の横を煙ながれ

法学部に遅れて芽吹く工学部

くぐりじやうずや外濠の春の鳰

喪の鞄ふくらんでゐる夕桜

万歩計は二重橋まで松の花

ずんだ餅提げ空港の薄暑かな

十薬のいちめんといふ夕景色

坂あれば雲湧きやすしラムネ玉

まくなぎをはらへば匂ふ酒の町

コンコースの天井たかき夏休
秋彼岸低きガードをくぐりぬけ

石叩白洲の渦を歩みけり

さんかくの蛹に日差し十二月

東日本大震災後三句

みちのくの空ゆるぎなし冬の鳶

冬の虹男うなづき合ひにけり

オーバーコート遠つ祖の土握りたる

聖樹より伸ぶる陸橋わたりけり

凧の見え人の見えざる枯野かな

冬萌のくぼみくぼみの鹿の糞

冬ざくら日暮れの空の定まらず
頂に人浮かび上ぐお山焼

黙祷のあとのさざめき冬木の芽

梅かをる特急臨時停車駅

春泥の根岸の路地に迷ひけり

天神の塀を越えきし鳥の恋

バス停の人に見らるる心太

俳聖の町に降り立つ白扇

祇園会の帯にはさみし乗車券

きのふまでくま蟬の樹のつくつくし

拡声器四方へ向けられ茸山

熟れ柿の木灰に落ちてゐし夕べ

初しぐれ相生松をめぐりゐて

着水のときのはなやぎ百合鷗

文机の上の聖樹と処方箋

木造の灯台けぶる去年今年

初雪へひとりひとりを送り出す

薄氷を出でし白鳥相寄れる

ぶつぶつとつぶやき芝火広ごれる
春塵をまとふピアノの運ばるる

人声の水に流るる土佐みづき

ポケットの中にポケット亀鳴けり

子の丈にしやがめばふゆる石鹼玉

鳥雲に今年かぎりの家の鍵

明朝のたけのこ飯の水加減
この家の守宮のころを引つ越しす

ふたりして蟬の樹惜しむ転居かな

子の机つかひ継ぎをり月涼し

大堰の水のしろがね祭くる

流木に軍手ひつ掛けゐし旱

花合歓の駅に降り立つ喪服かな

山鉾の空ばかりみて歩みけり

花火待つ昨夜より二階しつらへて

手花火や明日帰ること知らぬ子と

盆東風に包まれてゐる新居かな

秋日傘港湾の音くぐりゆく

雨脚の定まらぬ坂九月くる

待宵や丘の半ばに住まひして

初潮ヘチンと鳴りたる阪堺線

逆光の鹿の角と櫨《かせぎ》の実と

仏手柑に手まねきされし夕日中

山間の四方より寄り来七五三

七五三見知らぬ人へにこにこと

出湯の香の畳廊下や冬浅し

紅の烏帽子のけ反る木偶廻し

丘の上のパン屋の匂ふ五日かな

エレベーター餅花の階ぬけてゆく

オリオンの下の灯の数阪神忌

堂縁を大きく曲がりゆく霞

雪掻きの道のつながる建国日

悼・杉浦典子様

きさらぎの真白尽くせるシクラメン

蝶生まる撞木に垂るる綱一本

モバイルの店の出で入り万愚節

鳥ぐもり宮の土俵に箒の目

くらみゆく緑のそこひ薪能

萩若葉夫の白足袋揃へおく

待合の狭しと反す熱帯魚

短夜のバナナ熟れゆく香なりけり

イージス艦を遠に夾竹桃の白

三伏の野を行く一人逸れ始む

手をあげて夫の出でゆくアロハシャツ

夜の秋の梁黒きビアホール

陵のかたへにまろぶ冬瓜かな

野分あと魚拓の墨の滲みやう

雪だるまの絵手紙に無き差出名

枯蓮己の影に屈しゐし

第四章

うれしさに

平成二十九年～令和二年

昼過ぎの榾火の丈や残り福

適塾の黒竹さやぐ小正月

黒壁を湯気の流るる寒造

音のなく舟の行き交ふ雛の宿

蓬籠よそのマンション通り抜け

花菜漬出張帰りの子が寄りぬ

花冷の奈落にありし櫂二本

白象に鯆はしりゐる花の雨

川端の四隅正しき花むしろ

花吹雪きゐし塀越しの駐屯地

セントポーリア窓辺に殖やし五月かな

こふのとり降りたる田水夕づきぬ

夏蜜柑眠りのあさき夜を香り

ワイシャツのひとり入りくる田草取

土用波見つめ偏光サングラス

木屋町にうつかりと咲き曼珠沙華

野分来と川鵜の頸の突つ立つる

農小屋の時計鳴りをり花カンナ

天空に近く稲刈はじまりぬ

あをぞらへ頤とがる松手入

鵙の晴刺子袢纏着こなせる

ポートタワーの全長見ゆる月の路地

裏木戸の混み合うてゐる村芝居

朴落葉踏みたくてバス乗り継ぎし

枯蓮をはげしき羽搏ち過りけり

校長室の窓にかげろふ鴨の水

温室の熱帯林にまよひけり

十二月みづかき蹤いてくる気なり

鴨池の管理事務所の聖樹かな

鴨池の手摺に誰もゐなくなり

吉兆の揺れどほしなる渡しかな

日だまりの鳩へ鳩降る初閻魔

藺玉や列車遅延のアナウンス

峡の月白し寒菊なほ白し

凍晴やヒマラヤ杉にまつぼくり

雨水かな玉虫いろに樹々の脂

雛壇の前の座布団ずれ易し

羽ばたくも潜るも一羽風光る

初つばめ夫より先に家を出で
皆のあとゆくうれしさに桃の花

紋白蝶芝につまづきつまづき来

この町も子のこゑ同じみどりの日

県庁は昼餉どきなり更衣

花罌粟の震災跡へ波がしら

初夏の干潟に散れり一クラス

ほととぎす甲冑の口真くらがり

青葉風坂下門を馬車出づる

龍宮の大門をくぐる熱帯魚

クロッキーの裸婦横たはる夕立あと

水の辺の楊梅の実の青臭し

鉾町の先々見ゆる驟雨あと

ナイターの芝にからみぬ野手の影

山帰りのリュックの覗く地蔵盆

蜻蛉と川をくだれば天守閣

寄生木の南天は実に厄日なる
ガードマンが等間隔に雁わたし

ちちははの知らぬ我が家小鳥くる

散らかりし絵具颱風圏に入る

道三つ寄り合ふ丘の良夜かな

蕎麦とろや夫の仲間のひとり欠け

朝露の芝の煌めくファンファーレ

まなじりに夕焼いろの鼬の尾

スタンドは遠嶺の高さラガー駆く

獅子柚の店さきに暮れクリスマス

酒の座をぬけきし父の初硯

まほろばのぬた場かがよふ吉書揚

ＤＪのときをり見上ぐ木の芽山

本堂にあかき膝掛け鳥雲に

襟足のあをき神官囀れる

いつたんは峡の空へと花吹雪

朧夜の運河の上の上の橋

風光る白きもの干す運河沿ひ

白玉にうす紅にじむ高瀬川
鳳蝶昼の月よりこぼれきし

先々の草揺れてゐる蛇の衣

夏萩のおろそかならぬ枝の張

落日に染まりたく落つ実梅かな

あかときの茄子に引力生まれ初む

潮の香に日覆ふかき写真館

射干を活けへつつひの昼の闇

鵜塚へ波音とどく旱星

八月の灯火黄なる漆器店

遥かともすぐ近くとも夕かなかな
配膳室の奥に見えゐる秋の潮

二百十日厩舎の口のにはたづみ

鳥渡る二重ロックの窓越しを

柚子三つ出できし夫の革鞄

冬青空見上ぐるものの皆小さし

猪鍋ツアー後部座席を女占め

聖夜くる瓢の腰の金の紐

あとがき

　山尾玉藻先生に初めてお目にかかったのは、平成五年十月の「東吉野火星一泊吟行」でした。「火星」入会と同時に、当時ご指導いただいていた杉浦典子様のご縁で参加させて頂きました。東吉野の美しい紅葉に手入れの行き届いた庭園、床のある広間に岡本差知子先生と玉藻先生がにこやかに座っておられました。深々とご挨拶させて頂いたのを覚えております。以来、玉藻先生の温かくも厳しいご指導のもとに、幸せな俳句生活を送ってまいりました。

　このたび、先生にお勧めをいただき句集を上梓することになりました。生来あまり過去を振り返らない性質の私ですが、稿を纏めていくうちに、一句一句の景の中に当時の心情が蘇り、自分の来し方が刻まれているのを実感しました。

それは有難く幸せなことでした。より一層俳句を敬い、奥深い俳句を学んでいかなければなりません。

ご多忙のなか、きめ細やかにお力添えを頂きました山尾玉藻先生に心より厚く御礼申し上げます。玉藻先生より賜りました温かなご序文を、末永く大切に胸中におさめてまいりたく存じます。そしていつも温かく、やる気を引き出してくださる多くの句友の皆さまに感謝申し上げます。それとなく応援し、理解してくれている家族にも感謝しています。

令和四年　水澄む候

小林成子

著者略歴

小林成子（こばやし・せいこ）

昭和15年　　　兵庫県生まれ
平成５年10月　「火星」入会
平成19年　　　恒星圏同人
平成28年　　　「火星賞」受賞

俳人協会会員

現住所　〒665-0035　兵庫県宝塚市逆瀬川２－８－６

句集　わだち

二〇二二年一二月一二日　初版発行

著　者――小林成子
発行人――山岡喜美子
発行所――ふらんす堂
〒182-0002　東京都調布市仙川町一―一五―三八―二F
電　話――〇三（三三二六）九〇六一　FAX〇三（三三二六）六九一九
ホームページ　http://furansudo.com/　E-mail　info@furansudo.com
振　替――〇〇一七〇―一―一八四一七三
装　幀――君嶋真理子
印刷所――明誠企画㈱
製本所――㈱松岳社
定　価――本体二六〇〇円＋税
ISBN978-4-7814-1497-3　C0092　¥2600E